Mœurs et coutumes du troisième

Murray Leinster

Writat

Cette édition parue en 2023

ISBN : 9789359250236

Publié par
Writat
email : info@writat.com

MANIÈRES ET COUTUMES DU THRID

PAR MURRAY LEINSTER

je

Le vrai problème était que Jorgenson voyait les choses comme un homme d'affaires. Mais aussi, et de manière contradictoire, il les considérait comme bonnes et justes, ou comme fausses et intolérables. En tant qu'homme d'affaires, il aurait dû se concentrer sur ses affaires et ne jamais se soucier de Ganti. En tant que partisan du bien et du mal, il aurait été plus sage pour lui de rester complètement à l'écart de la planète Thriddar . Thriddar n'était pas un endroit pour lui, de toute façon. Ce matin-là, ce n'était surtout pas le bon endroit pour essayer de vivre et de faire des affaires.

Il se réveilla en pensant à Ganti, et par conséquent il fut tout de suite de mauvaise humeur. La plupart des humains ne pouvaient pas supporter ce genre de choses qui se produisaient Thriddar . La plupart d'entre eux souhaitaient utiliser des armes à missiles – que le Thrid n'utilisait pas – pour changer le système social local. La plupart des humains ont quitté Thriddar – rapidement ! Et bouillant de folie.

Jorgenson avait résisté plus longtemps que la plupart car, malgré leurs convictions, il aimait le Thrid . Leurs esprits ont fait des boucles extérieures et sont parvenus à des convictions intolérables. Mais ils étaient assez intelligents. Ils possédaient de la vapeur et même des avions atmosphériques propulsés à la vapeur, mais ils n'avaient pas d'armes à missiles et ils avaient un système social que les humains ne pouvaient tout simplement pas accepter, même s'il ne s'appliquait qu'à Thrid . Les Thrid ordinaires , avec qui Jorgenson faisait affaire, n'étaient pas de mauvaises personnes. Ce sont les fonctionnaires qui lui ont fait grincer des dents. Et même si son affaire consistait uniquement à gérer le comptoir commercial de la Rim Stars Trading Corporation, il en avait parfois assez.

Ce matin, c'était surtout au-delà des limites. Il y avait un nouveau Grand Panjandrum – le terme utilisé par Jorgenson pour désigner le souverain suprême de tout le Thrid – et lorsque Jorgenson eut terminé son petit-déjeuner, un haut fonctionnaire du Thrid attendait dans l'enceinte du poste de traite. Autour de lui se rassemblaient d'autres Thrid , portant le couvre-chef formel indiquant qu'ils étaient témoins d'un acte officiel.

Jorgenson sortit, l'air renfrogné, et échangea les salutations cérémonielles d'usage. Alors le haut fonctionnaire lui sourit et sortit un rouleau de ses vêtements volumineux. Jorgenson a vu l'éclat de l'or et s'est immédiatement méfié. Les paroles d'un Grand Panjandrum actuel étaient toujours écrites en or. S'ils n'étaient pas écrits en or , ils ne l'étaient pas du tout ; mais c'était dommage que quelqu'un en ignore un.

Le haut fonctionnaire déroula le parchemin. Le Thrid autour de lui, portant des chapeaux de Témoin, devint complètement silencieux. Le haut fonctionnaire émit un son équivalent à celui d'un raclement de gorge. Le silence devint mortel.

trompé , comme l'ont été ses prédécesseurs à travers les âges ; Vous parlez, dites et observez une vérité en présence des gouverneurs et des dirigeants de l'univers.

Jorgenson réfléchit avec aigreur que les gouverneurs et les dirigeants de l'univers étaient ceux qui se trouvaient à proximité du Grand Panjandrum. Ils n'étaient pas imposants. Ils avaient peur. Tout le monde a toujours peur sous un dirigeant absolu, mais le Grand Panjandrum était pire que cela. Il ne pouvait pas se tromper. Tout ce qu'il disait devait être vrai, parce qu'il le disait, et cela avait parfois des conséquences dramatiques. Mais dans le passé, les Grand Panjandrums avaient fait l'éloge du poste de traite. Jorgenson ne devrait pas avoir grand-chose à craindre. Il a attendu. Il pensa à Ganti. Il fronça les sourcils.

"Le grand et jamais trompé Glen-U", a de nouveau entonné le responsable, "en présence des gouverneurs et des dirigeants de l'univers, a parlé, dit et observé que c'est le désir de Rim Star Trading Corporation de présenter à lui, le grand et jamais trompé Glen-U, toutes les possessions actuelles de ladite Rim Stars Trading Corporation, et par la suite de lui remettre tous les argents, biens et bénéfices à et de ladite Rim Stars Trading Corporation à mesure qu'ils Le grand et jamais trompé Glen-U a en outre parlé, dit et observé que quiconque fait obstacle à ce don loyal et admirable doit, par l'opération de la vérité, disparaître de la vue et ne plus jamais être vu face à face par aucun être rationnel. ".

Le haut fonctionnaire enroula le parchemin, tandis que Jorgenson explosait à l'intérieur.

Cela était en partie dû à la réaction d'un homme d'affaires. Une partie était la reconnaissance de toutes les choses intolérables que le Thrid prenait pour acquis. Si Jorgenson avait réagi uniquement en homme d'affaires, il l'aurait avalé, serait parti sur le prochain navire commercial Rim Stars - qui n'aurait laissé aucune marchandise derrière lui - et aurait quitté le Grand Panjandrum pour se rendre compte de ce qu'il avait perdu quand aucun produit commercial n'était arrivé. des marchandises hors planète sont arrivées sur

Thriddar . Avec le temps, il parlerait, dirait et observerait que, par générosité, il avait rendu le butin. Les échanges pourraient alors reprendre. Mais Jorgenson ne se sentait pas seulement comme un homme d'affaires ce matin. Il pensa à Ganti, qui était un cas particulier de tout ce qu'il n'aimait pas sur Thriddar .

Il n'était pas sage de se laisser émouvoir par de tels sentiments de sympathie. Le Grand Panjandrum ne pouvait s'y tromper. Il n'était absolument pas judicieux de le contredire. Cela pourrait même être dangereux. Jorgenson était dans une mauvaise passe.

Les Témoins murmurèrent avec révérence :

"Nous entendons les paroles du Glen-U sans erreur."

Le haut fonctionnaire rangea le parchemin et dit doucement :

"Je recevrai l'argent, les biens et les bienfaits que la Rim Stars Trading Corporation souhaite offrir au grand et sans erreur Glen-U."

Jorgenson, bouillant intérieurement, savait néanmoins ce qu'il faisait. Il dit succinctement : ·

« Comme si tu le ferais ! »

Il y avait un idiome dans le discours thrid qui avait exactement le sens de la phrase humaine. Jorgenson l'a utilisé.

Le haut fonctionnaire le regarda avec une totale stupéfaction. Personne n'a contredit le Grand Panjandrum ! Personne! Les Thrid avaient remarqué depuis longtemps qu'ils étaient la race la plus intelligente de l'univers. Puisqu'il en était ainsi, ils devaient évidemment avoir le gouvernement le plus parfait. Mais aucun gouvernement ne pourrait être parfait si ses responsables commettaient des erreurs. Aucun responsable de Thrid n'a donc jamais commis d'erreur. En particulier, le grand Glen-U, qui ne s'est jamais trompé, ne pouvait pas faire d'erreur ! Quand il disait quelque chose, c'était vrai ! Ça aurait du être! Il l'avait dit ! Et c'était le fait fondamental dans la culture du Troisième .

« Comme l'enfer, vous recevrez de l'argent, des biens et autres ! » claqua Jorgenson. « Comme si tu le ferais ! »

Le haut fonctionnaire n'en croyait littéralement pas ses oreilles.

"Mais… mais le grand et jamais trompé Glen-U…"

"Se trompe!" » dit Jorgenson d'un ton mordant. "Il a tort ! La Rim Stars Trading Corporation ne *veut* rien lui donner ! Ce qu'il a dit n'est pas vrai !" C'était l'équivalent d'une trahison, d'un blasphème et du summum d'un comportement indécent envers une princesse vierge de Péléa. "Je ne lui donnerai rien ! Je ne dis même pas de vue ! Glen-U a tort sur ce point aussi ! Maintenant, crétin !"

Il sortit son blaster et appuya sur la gâchette.

Il y a eu une explosion de flammes explosives provenant du sol entre le fonctionnaire et lui-même. Le fonctionnaire s'est enfui. Avec lui s'enfuirent tous les Témoins, certains perdant même leur couvre-chef dans leur hâte de s'enfuir.

Jorgenson entra dans le bâtiment du poste de traite. Ses yeux étaient orageux et sa mâchoire était serrée.

Il a cassé les commandes. Le troisième employé du poste de traite n'avait pas bien saisi la situation. Ils ne pouvaient pas y croire. Automatiquement, alors qu'il ordonnait de fermer les portes et volets de fer du comptoir, ils obéirent. Ils l'ont vu allumer le champ de choc pour que personne ne puisse traverser l'enceinte sans recevoir une décharge électrique qui le découragerait. Ils ont commencé à croire.

Puis il fit venir le consultant du poste commercial Thrid . Sur Terre, il aurait fait appel à un avocat. Sur un monde hostile, il y aurait eu un soldat pour le conseiller. Le troisième, le spécialiste à consulter n'était pas exactement un théologien, mais il en était plus proche qu'autre chose.

Jorgenson lui exposa l'affaire avec indignation, répétant les phrases exactes qui disaient que la société commerciale voulait – voulait ! – pratiquement se donner au Glen-U sans erreur, qui était le Grand Panjandrum de Thriddar . Il attendait qu'on lui dise que cela n'aurait pas pu arriver ; que de toute façon cela ne pouvait pas être voulu. Mais les oreilles de Thriddish du théologien devinrent molles, ce qui équivalait à la même chose que le visage d'un homme pâlissait. Il balbutia avec agitation que si le Grand Panjandrum le disait, c'était vrai. Il ne pouvait en être autrement ! Si la société commerciale voulait se donner à lui, il n'y avait rien à faire. Il le voulait ! Le Grand Panjandrum l'avait dit !

"Il a également dit", dit Jorgenson avec irritation, "que je devais disparaître et ne plus jamais être vu face à face par un être rationnel. Comment cela se produit-il ? Est-ce que je me fais transpercer ?"

Le théologien du comptoir frémit. Jorgenson a aggravé les choses.

"Ça," ragea-t-il, "c'est fou ! Le Grand Panjandrum est un Thrid ordinaire tout comme vous ! Bien sûr, il peut faire une erreur ! Il n'y a personne qui ne puisse se tromper !"

Le théologien leva des mains faiblement protestataires, semblables à celles des humains. Il a supplié hystériquement d'être autorisé à rentrer chez lui avant que Jorgenson ne disparaisse, avec des conséquences inconnues pour tout Thrid qui pourrait se trouver à proximité.

Lorsque Jorgenson ouvrait une porte pour l'en chasser, tout le personnel du comptoir se précipitait après lui. Ils avaient écouté aux portes et ils se sont enfuis, horrifiés.

Jorgenson les a tous injuriés de manière impartiale et a rallumé le champ de choc. Il a branché un circuit de capacité qui déclencherait des sirènes d'avertissement si quelque chose comme un hélicoptère à vapeur passait ou planait au-dessus du poste de traite. Il a placé les blasters dans des positions pratiques. Le Thrid n'utilisait que des lances, des couteaux et des cimeterres. Les blasters défendraient le poste contre une multitude.

En tant qu'homme d'affaires, il avait agi de manière très stupide. Mais il avait agi encore moins raisonnablement en tant qu'être humain. Il en avait assez d'un système social et d'une – appelons-le – théologie qu'il n'avait pas à changer. Il est vrai que le mode de vie des Thrid était épouvantable, et ce qui était arrivé à Ganti était probablement typique. Mais ce n'était pas l'affaire de Jorgenson. Il n'avait pas été sage de laisser cela le déranger. Si les Thrid voulaient que les choses soient ainsi, c'était leur privilège.

En théorie, aucun Thrid ne devrait jamais se tromper, car il appartenait à la race la plus intelligente de l'univers. Mais un gouverneur local était encore plus intelligent. Si un Thrid ordinaire contestait la moindre et la plus légère remarque d'un gouverneur local, eh bien, il devait être soit un criminel, soit un fou. Le gouverneur local a décidé – à juste titre, bien sûr – qui il était. S'il était un criminel, il passerait le reste de sa vie dans une bande de criminels enchaînés et accomplissant le travail le plus épuisant que le Thrid puisse imaginer. S'il était fou, il était enfermé à vie.

Il y avait eu Ganti, un Thrid en qui Jorgenson avait beaucoup espéré. Il pensait que Ganti pourrait apprendre à gérer le poste de traite sans supervision humaine. S'il le pouvait, la société commerciale pourrait simplement apporter des marchandises commerciales à Thriddar et en emporter d'autres. Le coût des affaires serait réduit. Il ne pouvait y avoir aucune friction humaine- Thrid . Jorgenson avait formé Ganti pour ce travail.

Mais le gouverneur local de Thrid avait parlé, dit et observé que la femme de Ganti voulait entrer dans sa maison. Il ajouta que Ganti voulait la lui céder.

Jorgenson avait fulminé – mais pas en tant qu'homme d'affaires – lorsque le transfert avait eu lieu. Mais Ganti avait été conditionné à croire que lorsqu'un gouverneur disait qu'il voulait faire quelque chose, il le faisait. Il ne parvenait pas à saisir l'idée contraire. Mais il se morfondait horriblement, et Jorgenson lui parlait sardoniquement, et il doutait presque qu'un fonctionnaire ait nécessairement raison. Lorsque son ex-femme est morte de chagrin, son incrédulité est devenue positive. Et aussitôt après, il a disparu.

Jorgenson ne parvenait pas à savoir ce qu'il était devenu. Sa réflexion austère sur ce qui s'était passé l'avait mis dans la mauvaise humeur qui avait déclenché les choses, ce matin.

Le temps passait. Il avait le poste de traite en position de défense. Il prépara son déjeuner et lança un regard noir. Plus de temps passa. Il prépara son dîner et mangea. Ensuite, il monta sur le toit du poste de traite pour fumer et dorloter sa colère. Il observa le coucher du soleil. Il y avait toujours un peu de brume dans l'air sur Thriddar et les couleurs étaient très belles. Il pouvait voir les tours de la capitale du Troisième . Il pouvait voir un avion à vapeur encombrant mais toujours gracieux descendre lourdement vers le champ à la limite de la ville. Plus tard, il vit un autre avion à vapeur s'élever lentement mais sûrement et s'éloigner ailleurs. Il vit les hélicoptères à vapeur survoler les immeubles de la ville.

Il était furieux parce que les créatures assez intelligentes pour construire des avions à vapeur n'étaient pas assez intelligentes pour voir à quel point leur gouvernement était un racket. Maintenant que le nouveau Grand Panjandrum s'était opposé à lui, Jorgenson prit la résolution, colérique et tenace, de faire quelque chose de permanent pour améliorer les choses. Pour les Thrid eux-mêmes. Ici, il ne pensait pas seulement comme un homme d'affaires, mais comme un humanitaire. Comme les deux. Lorsqu'un caprice du Grand Panjandrum risque de ruiner une entreprise, il faut faire quelque chose. Et lorsque Ganti et d'innombrables autres avaient été victimes d'une tyrannie capricieuse... Et Jorgenson devait disparaître de la vue et ne plus jamais être revu... Cela appelait définitivement des mesures fortes !

Il réfléchit avec un plaisir sinistre que le Grand Panjandrum serait bientôt dans la position d'un Thrid dont tout le monde savait qu'il avait tort. Avec le poste de traite lui étant refusé et Jorgenson toujours visible, il aurait notoirement tort. Et il ne pouvait pas être, et toujours, Grand Panjandrum !

Ce serait une belle situation pour Glen-U. Il allait devoir faire quelque chose, et il ne pouvait rien faire. Il avait fait une gaffe, et cela serait bientôt de notoriété publique.

Jorgenson somnolait légèrement. Puis plus lourdement. Puis plus lourdement encore. La nuit n'avait pas deux heures lorsque les sirènes d'alerte firent un formidable vacarme. Le Thrid , à des kilomètres à la ronde, entendit les gémissements et les beuglements des sirènes qui auraient dû réveiller Jorgenson.

Mais ils ne l'ont pas réveillé. Il a continué à dormir.

Lorsqu'il se réveilla, il comprit qu'il avait froid. Ses muscles étaient à l'étroit. A moitié éveillé, il essaya de bouger et n'y parvint pas.

Puis il essaya de se réveiller complètement, mais il n'y parvint pas non plus. Il restait dans un état onirique et frustré qui ressemblait en partie à un cauchemar, tandis que très progressivement de nouvelles sensations lui venaient. Il sentit une sensation palpitante contre sa poitrine, dans la surface très dure sur laquelle il était couché face contre terre. Cette surface se balançait et se balançait légèrement. Il essaya à nouveau de bouger et réalisa que ses mains et ses pieds étaient liés. Il frissonna et se rendit compte que ses vêtements lui avaient été retirés.

Il était complètement impuissant et allongé sur le ventre dans le compartiment cargo d'un hélicoptère à vapeur : il pouvait désormais entendre le bruit de sa machinerie.

Il comprit alors ce qui s'était passé. Il avait commis le crime impensable – ou la folie – de déclarer que le Grand Panjandrum avait tort. Ainsi, par l'opération de la vérité, qui était en réalité un nuage de gaz anesthésique dérivant au-dessus du poste de traite, il avait disparu de notre vue.

Maintenant, il fallait évidemment s'arranger pour qu'il ne soit plus jamais vu face à face par un être rationnel. Le Grand Panjandrum avait gagné la bataille. Quelques mois plus tard, un navire commercial Rim Stars débarquerait, Jorgenson disparaîtrait et le poste de traite serait confisqué. Il serait inutile de poser des questions, et pire que désespéré d'essayer de faire du commerce. Le navire décollerait et il n'y aurait plus de navires pendant au moins une génération. Alors il pourrait – il pourrait y en avoir un autre.

Jorgenson jura avec fluidité et passion.

"Ce ne sera pas long", dit une voix tranquille.

Jorgenson est passé des grossièretés du langage humain à Thrid . Il dirigea ses paroles vers la créature invisible qui avait parlé. Ce Thrid écoutait, apparemment sans émotion. Lorsque Jorgenson fut à bout de souffle, la voix dit sévèrement :

"Vous avez déclaré que le grand Glen-U qui ne s'est jamais trompé s'était trompé. Cela ne pouvait pas être le cas. Cela a prouvé que vous étiez soit un criminel, soit un fou, car aucune créature rationnelle ne pouvait croire qu'il se trompait. Il vous a déclaré fou, et il ne peut pas se tromper. Si tôt vous arriverez là où vous devez être confiné et aucun être rationnel ne vous verra jamais face à face. »

Jorgenson est revenu aux jurons humains. Ensuite, il a mélangé les deux langues, en utilisant tous les mots applicables qu'il connaissait à la fois dans le langage humain et dans le Thrid . Il en connaissait beaucoup. Le doux battement des rotors à vapeur continuait et Jorgenson jurait à la fois en tant qu'homme d'affaires et en tant qu'humanitaire. Tous deux étaient frustrés.

Actuellement, le mouvement de l'hélicoptère a changé. Il savait que le navire descendait. Il y avait des balancements plus violents , comme s'ils étaient dus à des rafales de vent déviées par quelque chose de grand et de solide. Jorgenson a même entendu des grondements de basses profondes comme la mer sur une côte rocheuse. Puis il y eut des mouvements près de lui, une corde lui passa autour de la taille, un quai de chargement s'ouvrit et il se retrouva soulevé et descendu à travers celui-ci.

Il se balançait dans les airs, à quelques centaines de pieds au-dessus d'une île totalement stérile sur laquelle battaient d'énormes vagues océaniques. Le courant d'air descendant de l'hélicoptère le faisait osciller sauvagement, et une fois, il lui donnait le vertige. L'horizon était vide. Il était rapidement descendu sur l'île. Et ses mains et ses pieds étaient toujours solidement attachés.

Puis il aperçut une silhouette sur l'île. C'était un Thrid dépouillé de tous vêtements comme Jorgenson et assombri par le soleil. Ce chiffre s'avança avec agilité vers l'endroit où il fut déçu. Cela l'a attrapé. Cela a stoppé ses balancements sauvages , qui auraient pu lui briser des os. La corde s'est relâchée. Le Troisième a déposé Jorgenson.

Il n'a pas lâché la corde. Il semblait essayer de l'escalader.

Il a été coupé par l'hélicoptère à vapeur et est tombé sur eux deux. Le Thrid agitait sauvagement ses bras et semblait hurler du charabia vers le ciel. Il y a eu un impact à proximité, quelque chose est tombé. Jorgenson entendit le bruit lancinant de l'hélicoptère alors qu'il se soulevait et s'éloignait.

Puis il sentit les liens autour de ses bras et de ses jambes se retirer. Puis une voix de Thrid – étonnamment, une voix de Thrid familière – dit :

"Ce n'est pas bien, Jorgenson. Qui as-tu contredit ?"

Le Thrid était Ganti, dont Jorgenson avait autrefois eu des espoirs en tant qu'homme d'affaires, et pour le désastre duquel il s'était indigné comme autre chose. Il détacha les derniers liens de Jorgenson et l'aida à se redresser.

Jorgenson regarda autour de lui. L'île mesurait environ cent pieds sur deux. C'était une pierre jaune tordue et caillée d'un bout à l'autre. Il y avait des collines de pierre et un pic pierreux miniature, ainsi qu'une vallée étroite entre deux parcelles de rochers plus élevés. Une mer immense grondait contre la côte au vent, projetant des embruns plus haut que le point le plus élevé de l'île. Il y avait des endroits où le sable s'était accumulé. Il y avait un endroit – peut-être un mètre carré – où le sable avait été rendu fertile par les déjections d'objets volants et où deux ou trois plantes affamées présentaient des sortes de feuillages. C'était tout. Jorgenson grinça des dents.

"Allez-y", dit sombrement Ganti, "mais cela pourrait être encore pire que vous ne le pensez."

Il escalada les pierres tordues de l'île. Il est revenu avec quelque chose à la main.

"Ce n'est pas pire", dit-il. "C'est tout aussi grave. Ils nous ont donné de la nourriture et de l'eau à tous les deux. Je n'étais pas sûr qu'ils le feraient."

Son calme a dégrisé Jorgenson. En tant qu'homme d'affaires, il était amené à clarifier sa situation. Il a informé Ganti de la décision du Grand Panjandrum de reprendre le poste commercial de Rim Stars, ce qui était une mauvaise affaire. Il a parlé de sa propre réaction, qui n'était pas du tout professionnelle. Puis il dit d'une voix grave :

"Mais il a toujours tort. Aucun être rationnel n'est censé me voir face à face. Mais toi, si."

"Mais je suis fou", dit calmement Ganti. "J'ai essayé de tuer le gouverneur qui avait emmené ma femme. Alors il a dit que j'étais fou et c'est vrai. Je n'ai donc pas été mis dans un groupe de travailleurs enchaînés. Quelqu'un m'aurait peut-être vu et y aurait pensé. Mais , envoyé ici, c'est pire pour moi et je suis probablement oublié maintenant."

Il était calme à ce sujet. Seul un Thrid aurait été aussi calme. Mais ils ont eu au moins des centaines de générations pour s'habituer à l'injustice. Il l'a accepté. Mais Jorgenson fronça les sourcils.

"Tu as de l'intelligence, Ganti. Quelles sont les chances de t'échapper ?"

"Aucun", a déclaré Ganti sans émotion. "Tu ferais mieux de t'abriter du soleil. Ça va te brûler gravement. Viens."

Il a ouvert la voie sur la surface rocheuse nue et brûlante. Il passa devant un petit sommet. Il y avait de l'ombre. Jorgenson s'y glissa et se retrouva dans une grotte. Ce n'était pas naturel. Il avait été piraté morceau par morceau. Il faisait frais à l'intérieur. C'était étonnamment spacieux.

"Comment est-ce arrivé ?" » demanda Jorgenson l'homme d'affaires.

"C'est une prison", a expliqué Ganti d'un ton neutre. "Ils m'ont laissé descendre ici et ont laissé tomber de la nourriture et de l'eau pendant une semaine. Ils sont partis. J'ai découvert qu'il y avait eu un autre prisonnier ici avant moi. Son squelette était dans cette grotte. J'ai réfléchi. Il devait y en avoir d'autres avant lui. " Quand il y a un prisonnier ici, de temps en temps, un hélicoptère lâche de la nourriture et de l'eau. Quand le prisonnier ne le récupère pas, ils arrêtent de venir. Quand, à présent, ils ont un autre prisonnier, ils le déposent, comme moi, et il " Il trouve le squelette du prisonnier précédent, comme moi, et il le jette par-dessus bord comme je l'ai fait. Ils me laisseront tomber de la nourriture et de l'eau jusqu'à ce que j'arrête de le ramasser. Et bientôt, ils recommenceront la même chose. "

Jorgenson lui lança un regard noir. C'était sa réaction en tant que personne. Puis il désigna la grotte autour de lui. Il y avait un tas d'algues séchées pour dormir.

"Et ça?"

"Quelqu'un l'a déterré", a déclaré Ganti sans ressentiment. "Pour s'occuper. Peut-être qu'un seul prisonnier l'a commencé. Un autre plus tard l'a vu commencer et a travaillé dessus pour s'occuper. Puis d'autres à leur tour. Il a fallu de nombreuses vies pour faire cette grotte."

Jorgenson grinça des dents une seconde fois.

"Et juste parce qu'ils avaient contredit quelqu'un qui ne pouvait pas se tromper ! Ou parce qu'ils avaient une affaire recherchée par un fonctionnaire !"

"Ou une femme", approuva Ganti. "Ici!"

Il a proposé de la nourriture. Jorgenson mangea, l'air renfrogné. Ensuite, vers le coucher du soleil, il parcourut l'île.

C'était du rock, rien d'autre. Il y avait un tas de petites pierres brisées provenant de l'excavation de la grotte. Il y avait quelques plantes affamées. Il y avait le cordage avec lequel Jorgenson avait été descendu. Il y avait le colis contenant de la nourriture et de l'eau. Ganti a observé que le plastique s'est brisé en une semaine environ, il ne pouvait donc plus être utilisé pour quoi que ce soit. Il n'y avait rien pour s'échapper. Rien pour faire quoi que ce soit pour s'échapper.

Même le lit d'algues séchées n'était pas confortable. Jorgenson a mal dormi et s'est réveillé avec des douleurs musculaires. Ganti lui assura sans émotion qu'il s'y habituerait.

Il a fait. Au moment où l'hélicoptère est venu larguer à nouveau de la nourriture et de l'eau, Jorgenson était physiquement adapté à l'île. Mais ni en tant qu'homme d'affaires ni en tant que personne, il ne pouvait s'adapter au désespoir.

Il s'est creusé la tête à la recherche du plus absurde ou du plus faible espoir de délivrance. Il y avait des moments où, en tant qu'homme d'affaires, il se reprochait de rester sur Thriddar après s'être indigné de la manière dont la planète était gouvernée. C'était très stupide. Mais bien plus souvent, il éprouvait une telle haine envers les mœurs et les coutumes du Thrid – qui l'avaient amené ici – qu'il lui semblait que quelque chose devait être possible d'une manière ou d'une autre, ne serait-ce que pour se venger.

III

L'hélicoptère est arrivé, il a largué de la nourriture et de l'eau, et il est reparti. Il est venu, a laissé tomber de la nourriture et de l'eau et est reparti. Une fois, une poche d'eau a éclaté lorsqu'elle est tombée. Ils ont perdu près d'une demi-semaine d'approvisionnement en eau. Avant le retour de l'hélicoptère, ils étaient restés deux jours sans boire.

Il y a eu bien sûr d'autres incidents. Les algues séchées sur lesquelles ils dormaient se sont transformées en déchets poudreux. Ils ont récupéré davantage d'algues en transportant de longs brins ressemblant à des varechs vers le rivage, d'où ils s'accrochaient aux rochers submergés de l'île. Ganti a mentionné qu'ils devaient le faire juste après l'arrivée de l'hélicoptère, afin qu'il n'y ait aucun signe d'entreprise visible d'en haut. Les algues avaient de longues tiges flexibles dont on ne pouvait tirer aucun profit. En séchant, il est devenu rigide et cassant, mais sans résistance.

Un jour, Ganti se mit brusquement à parler de sa jeunesse. Comme s'il examinait quelque chose qu'il n'avait jamais remarqué auparavant, il raconta l'incroyable éducation-conditionnement des jeunes membres de sa race. Ils ont appris qu'ils ne devaient jamais se tromper. Jamais! Peu importe qu'ils soient incompétents ou inefficaces. Peu importe s'ils n'accomplissaient rien. Il n'y avait aucune pénalité pour autre chose que pour avoir commis des erreurs ou pour s'être écarté des officiels qui ne pouvaient pas commettre d'erreurs.

de Thrid étaient donc entraînés à ne pas penser ; ne pas avoir d'opinion sur quoi que ce soit ; seulement pour répéter ce que personne n'a remis en question ; seulement pour faire ce que l'autorité leur disait. Jorgenson se rendit compte que sur une planète avec une telle population, un sceptique pouvait semer beaucoup de confusion.

Puis, une autre fois, Jorgenson a décidé d'utiliser le cordon résistant aux intempéries qui avait été coupé de l'hélicoptère lors de son atterrissage. Il en coupa une partie avec un fragment de pierre tranchant provenant du tas qu'un ancien prisonnier de l'île avait constitué. Il dénoua les fibres tordues. Il a ensuite broyé des hameçons à partir de coquillages fixés aux parois rocheuses de l'île, juste en dessous de la ligne de flottaison. Après cela, ils ont pêché. Parfois, ils attrapaient même quelque chose à manger. Mais ils n'ont jamais pêché au moment où l'hélicoptère devait arriver.

Jorgenson a découvert qu'un filet de poisson, fortement pressé et essoré comme un chiffon humide, donnerait un liquide potable qui n'était pas du sel et remplacerait l'eau. Et c'était une raison pour fabriquer un sac en ficelle dans lequel les poissons capturés pouvaient être relâchés dans la mer afin qu'ils soient là quand on le voulait mais ne puissent pas s'échapper.

Ils l'avaient utilisé depuis des semaines lorsqu'il avait vu Ganti, le portant pour le placer là où ils l'avaient laissé par-dessus bord, le balançant négligemment d'avant en arrière pendant qu'il marchait.

Si Jorgenson avait été seulement un homme d'affaires, cela n'aurait eu aucune signification particulière. Mais c'était aussi une personne remplie de haine envers le Thrid qui l'avait condamné à vie sur cette petite île. Il a vu le balancement du poisson. Cela lui a donné une idée.

Il n'a pas parlé du tout pendant tout le reste de la journée. Il réfléchissait. La question nécessitait beaucoup de réflexion. Ganti l'a laissé tranquille.

Mais au coucher du soleil, il avait compris. Tandis qu'ils regardaient le soleil rouge de Thrid disparaître sous l'horizon, Jorgenson dit pensivement :

"Il existe un moyen de s'échapper, Ganti."

"Sur quoi ? Dans quoi ?" demanda Ganti.

"Dans l'hélicoptère qui nous nourrit", a déclaré Jorgenson.

"Il n'atterrit jamais", a déclaré pratiquement Ganti.

"Nous pouvons le faire atterrir", a déclaré Jorgenson. Thrid n'avait pas le droit de commettre d'erreurs ; il pourrait commettre une erreur en ne pas atterrir.

"L'équipage est armé", a déclaré Ganti. "Il y en a trois."

"Ils n'ont que des couteaux et des cimeterres", a déclaré Jorgenson. "Ils ne comptent pas. Nous pouvons fabriquer de meilleures armes qu'eux."

Ganti avait l'air sceptique. Jorgenson a expliqué. Il a dû le démontrer grossièrement. L'idée était nouvelle pour Ganti, mais les Thrid étaient intelligents. Bientôt, il l'a compris. Il a dit:

"Je vois la théorie. Si nous pouvons la faire fonctionner, d'accord. Mais comment faire atterrir l'hélicoptère ?"

Jorgenson se rendit compte qu'ils parlaient bizarrement. Ils parlaient avec légèreté, sans hâte, avec le manque d'espoir normal aux prisonniers pour qui l'évasion est impossible, même lorsqu'ils parlent d'évasion. Ils auraient pu discuter d'un sujet qui ne les affecterait ni l'un ni l'autre. Mais Jorgenson frémit intérieurement. Il espérait.

"Nous allons essayer", dit Ganti avec détachement après avoir expliqué à nouveau. "Si cela échoue, ils cesseront simplement de nous donner de la nourriture et de l'eau."

Bien entendu, cela ne semblait ni à lui ni à Jorgenson une raison pour hésiter à essayer ce que Jorgenson avait prévu.

Ce n'était pas du tout un plan direct et franc. Cela a commencé par la détorsion d'une plus grande partie de la corde qui avait fait descendre Jorgenson. Cela a continué avec la fabrication de cordes à partir de cette fibre. Ils fabriquèrent beaucoup de ficelles. Ensuite, très maladroitement et maladroitement, ils tissaient des bandes de tissu de quelques pouces de large et de cinq ou six de long. Ils fabriquaient des cordons légers et solides qui s'étendaient des extrémités des bandes de tissu. Puis ils s'entraînèrent avec ces morceaux de tissu et ces pierres brisées qu'un ancien prisonnier avait si soigneusement empilées.

L'hélicoptère est arrivé et a largué de la nourriture et de l'eau. Quand il est parti, ils ont pratiqué. Quand cela revenait, ils ne pratiquaient pas, mais quand cela disparaissait, ils pratiquaient. C'étaient un homme nu et un Thrid nu, laissés sur un morceau de rocher dans une mer sans limites, se répétant dans un art si longtemps oublié qu'ils durent réinventer les parties les plus fines de la technique. Ils ont expérimenté. Ils ont essayé ça. Ils ont essayé ça. Lorsque l'hélicoptère est apparu, ils se sont montrés. Ils se précipitèrent sur le sac abandonné contenant de la nourriture et de l'eau, comme s'ils essayaient farouchement de se refuser mutuellement une part entière. Une fois, ils semblaient se battre pour le sac abandonné. L'hélicoptère survolait pour observer. Le combat semblait furieux et meurtrier, mais peu concluant.

Lorsque l'hélicoptère s'éloigna, Jorgenson et Ganti retournèrent vivement à leur entraînement.

Ils étaient désormais presque satisfaits de leur compétence. Ils avaient perdu quelques petites pierres, mais il en restait beaucoup. Ils ont commencé à travailler avec des algues, du genre avec de longues tiges centrales qui séchaient jusqu'à devenir fragiles. Ils ont déterminé exactement combien de temps ils devaient sécher. Ils ont étudié la manière dont le feuillage plat des algues devait être séché sur des espaces de pierre arrondis pour former des surfaces apparemment solides de presque toutes les formes. Mais ils étaient extrêmement fragiles une fois secs. Il n'était pas possible de leur faire conserver une forme quelconque pendant plus d'un jour environ, même en les aspergeant d'eau froide pour les empêcher de s'effriter en poussière.

Et ils s'exerçaient avec la bande de tissu et les pierres. Ganti est devenu plus habile que Jorgenson, mais même Jorgenson est devenu un expert.

Il arriva un jour où l'hélicoptère laissa tomber le sac de nourriture et Ganti dansa avec une apparente rage et lui tendit le poing. L'équipage ... Thrid l'a vu, mais n'y a pas prêté attention. Ils sont partis. Et Ganti et Jorgenson se mirent au travail.

Ils ont transporté des algues à terre. Il devait sécher dans une certaine mesure avant de pouvoir conserver une forme. Pendant que ça séchait, ils pratiquaient. Les feuilles étaient prêtes avant les tiges. Ils les étalent sur des surfaces arrondies, aux nombreuses feuilles épaisses. Ils ont séché jusqu'à obtenir une matière gris foncé-verdâtre ressemblant au carton le plus grossier possible, sans une fraction de la résistance ou de la rigidité du carton. Actuellement, les tiges étaient suffisamment sèches pour être raides mais pas encore entièrement cassantes. Ils fabriquèrent un cadre, unissant ses membres avec de la ficelle provenant de la corde tombée.

Deux jours avant la nouvelle livraison de l'hélicoptère, ils ont utilisé la feuille d'algues incurvée, semblable à du carton mais fragile, pour recouvrir le cadre. Terminé, ils avaient ce qui ressemblait au fuselage d'un hélicoptère atterri.

Des sections plus épaisses mais cassantes des tiges ressemblaient à des pales de rotor lorsque davantage de carton d'algues était attaché. À deux cents pieds, la crudité de l'objet ne se montrerait pas. Cela ressemblerait à un hélicoptère atterrissant sur l'île où Jorgenson et Ganti étaient confinés.

Cela ressemblerait à un sauvetage.

Lorsque l'hélicoptère est arrivé, il s'est vérifié en plein vol comme s'il freinait. Il était suspendu dans les airs. Son équipage baissa les yeux. Ils y ont vu un étrange avion. L'hélicoptère tourna et s'éloigna vers l'horizon.

Jorgenson et Ganti ont immédiatement attaqué leur propre création. Le cadre était fragile; à peine capable de supporter son propre poids. Ils ont furieusement tout démoli. Ils transportèrent ses fragments dans la grotte. Ils travaillèrent avec acharnement pour effacer toute trace de son ancienne présence.

En moins de deux heures, une flotte de six hélicoptères à vapeur traversait la mer. Ils ont balayé l'île. Ils ont regardé. Ils virent Jorgenson et Ganti – un homme nu et Thrid nu – les regarder fixement. Ils n'ont rien vu d'autre. Il n'y avait rien d'autre à voir.

Il y avait un responsable de Thrid sur l'un des hélicoptères. L'affaire lui avait été signalée. Un hélicoptère n'aurait pu se poser sur cette île que pour secourir les prisonniers. Ils n'ont pas été secourus. Il n'y avait pas d'hélicoptère. L'équipage de l'engin qui a fait le signalement s'est trompé !

Jorgenson et Ganti se réjouissaient ensemble lorsque la nuit tombait. L'équipage de l'hélicoptère avait fait un faux rapport. Ils feraient face à un fonctionnaire en colère. Soit ils reviendraient sur leur rapport original, soit ils s'y tiendraient. S'ils le reprenaient, ils avaient tenté de tromper un fonctionnaire, qui ne pouvait pas se tromper. Jorgenson et Ganti se réjouissaient de ce qu'ils avaient fait à leurs geôliers.

IV

Lorsqu'un hélicoptère est revenu une semaine plus tard, ce n'était pas le même pilote ni le même équipage. Le sac de nourriture et d'eau est tombé d'une hauteur différente. L'hélicoptère a plané jusqu'à ce qu'il aperçoive Jorgenson et Ganti. Puis c'est parti.

Ils se remirent au travail avec des algues tirées de la mer et des feuilles lissées les unes sur les autres sur des surfaces rocheuses appropriées. Des tiges atteignant quatre à cinq pouces de diamètre doivent être redressées et presque séchées pour ressembler à des arbres de rotor, et des tiges plus petites pour constituer un cadre. La maquette était attachée avec de la ficelle. Ils l'ont terminé la veille du retour de l'hélicoptère, et ils se sont entraînés avec leurs morceaux de tissu et les pierres jusqu'à ce que la lumière s'éteigne. Ils se sont de nouveau entraînés au lever du jour, mais lorsque l'hélicoptère a traversé la mer , ils n'étaient visibles nulle part.

Mais un avion s'est échoué sur l'île. Vu du ciel, cela semblait remarquablement convaincant.

Les prisonniers écoutaient avec impatience depuis la grotte creusée. La maquette au sol se trouvait dans une vallée miniature entre des sections de pierre plus hautes. On pouvait le voir d'en haut, mais pas bien de côté. D'un côté, on ne pouvait pas le voir du tout, mais de l'autre, c'était un travail remarquable. Cela tromperait en effet tous les yeux qui ne sont pas très proches.

L'hélicoptère volant a plané et plané, balayant d'avant en arrière. Ses membres d'équipage n'ont vu aucun mouvement nulle part, ce qui n'était pas possible. S'il y avait un avion échoué, c'était sûrement Thrid qui l'avait piloté ici. On ne les voyait pas. Les prisonniers n'étaient pas visibles. La situation était impossible.

Jorgenson et Ganti attendaient.

Les geôliers volants n'ont pas pu rapporter ce qu'ils ont vu. Un équipage précédent avait fait cela, et lorsqu'ils se sont trompés ou pire encore, ils ont enfilé des chaînes pour effectuer un travail pénible aussi longtemps qu'ils vivaient. Mais le Thrid dans l'hélicoptère au-dessus de l'île n'a pas osé ne pas se présenter. Quelqu'un d'autre pourrait l'apercevoir et serait condamné pour ne pas l'avoir signalé. Ils ne pouvaient pas le signaler et ils ne pouvaient pas ne pas le signaler !

Jorgenson sourit lorsque le battement des rotors devint de plus en plus fort à mesure que l'hélicoptère à vapeur descendait. Lui et Ganti se préparèrent.

Le véhicule volant a atterri. Ils l'ont entendu. Son équipage est sorti, craintif mais alerte et avec des armes à portée de main. L'un d'eux restait à proximité du navire, les oreilles plissées de terreur. Les deux autres, les armes bien en avant, se déplaçaient prudemment pour examiner l'avion qui ne pouvait pas être là.

Jorgenson et Ganti, ensemble, sortirent de la grotte creusée.

Ganti balança sa bande de tissu. Il y avait une corde solide attachée à chaque extrémité, et il tenait les cordes de manière à ce que le tissu forme une poche dans laquelle se trouvait une pierre. Le tout tourbillonnait furieusement. Ganti a lâché une corde. La pierre a volé. Il frappa le Thrid de garde près de la machine en plein milieu du front. La pierre de Jorgenson arriva une fraction de seconde plus tard, avant que le Thrid ne commence à tomber. Ils ont déménagé, Jorgenson souriant d'une manière qui n'a rien à voir avec celle d'un homme d'affaires. Ils entendirent l'exclamation surprise des deux autres nouveaux arrivants lorsqu'ils se rendirent compte qu'ils ne voyaient qu'une maquette d'un avion atterri, une chose qui s'effondra lorsqu'ils la touchèrent.

Jorgenson et Ganti ont balancé leurs frondes ensemble. Le geôlier Thrid se retourna juste à temps pour voir ce qui leur arrivait. C'était définitif.

Et l'hélicoptère repartit avec Ganti et Jorgenson habillés et avec une quantité suffisante de pierres dans des poches improvisées de leurs vêtements.

<hr>

C'était désormais parfaitement simple. Ils entrèrent dans un village du Thrid , sur le continent. C'était le village où Ganti avait vécu ; dont le gouverneur avait parlé, dit et observé que la femme de Ganti souhaitait entrer dans sa maison et que Ganti le souhaitait. Ganti marchait d'une manière truculente dans la rue la plus large. Des regards étonnés se tournèrent vers lui. Ganti dit avec arrogance :

"Je suis le nouveau gouverneur. Appelez les autres pour voir."

Les villageois ne pouvaient pas remettre en question la déclaration d'un responsable. Pas même la déclaration selon laquelle il était un fonctionnaire. Alors Ganti, suivi de près par Jorgenson, entra dans le palais du gouverneur local. Ce n'était pas impressionnant, mais simplement un complexe de petits bâtiments verdoyants, au toit de chaume. Ganti a ouvert la voie dans la partie la plus intérieure du palais et a trouvé un gros Thrid endormi avec quatre villageois - Thrid l'éventant avec d'énormes éventails. Cria Ganti, et le gros Thrid se redressa, complètement déconcerté.

"Je parle, je dis et je constate", dit froidement Ganti, "que je suis le nouveau gouverneur et que vous êtes sur le point de mourir, sans que personne ne vous touche."

Le gros Thrid le regarda bouche bée. C'était incroyable. En fait, pour un Thrid qui n'avait jamais entendu parler d'une arme à missile, c'était impossible. Ganti balançait sa bande de tissu par les deux cordes qui y étaient attachées. Il tournait trop vite pour être vu clairement. Une pierre vola terriblement droite. Il y a eu un impact.

Le gouverneur local qui avait parlé, dit et observé que la femme de Ganti voulait entrer dans sa maison était mort.

"Moi", dit Ganti à ses anciens concitoyens du village, "je suis le gouverneur. Si quelqu'un le nie, il mourra sans que personne ne le touche."

Et c'était tout.

Ganti grimaça à Jorgenson :

"Je vais parler, dire et observer quelque chose d'utile pour vous tout à l'heure, Jorgenson. En ce moment, je vais marcher à pied et parler au gouverneur de la province. Je prendrai un train de serviteurs pour qu'il me reçoive. Ensuite, je lui dirai qu'il est sur le point de mourir sans que personne ne le touche. Il l'a bien mérité ! »

Incontestablement, Ganti avait raison.

N'importe quel fonctionnaire du Thrid , avec lequel il était impossible de se tromper, développerait des idées farfelues.

La plupart des humains ne pouvaient pas rester les bras croisés et regarder. Ils quittèrent Thriddar dès que possible. Pour le moment, Jorgenson ne pouvait pas quitter la planète, mais il ne voulait pas voir ce que Ganti pouvait, voulait et devrait probablement faire selon les normes humaines. Il campa dans l'hélicoptère à vapeur, se cachant, jusqu'à ce que Ganti lui envoie un message.

Puis il a démarré l'hélicoptère et est retourné au poste de traite. C'était vide. Éventré. Pillé. Mais un haut fonctionnaire l'attendait dans la cour. Il tenait un parchemin à la main. Il brillait d'or. Lorsque Jorgenson le regarda d'un air sombre, le haut fonctionnaire émit un son équivalent à un raclement de gorge, et le Thrid coiffé d'un témoin autour de lui devint silencieux.

« Ce jour-là, » entonna le haut fonctionnaire, « ce jour-là Ganti, celui qui ne s'est jamais trompé, comme l'ont été ses prédécesseurs à travers les âges ; — ce jour-là, le Ganti qui ne s'est jamais trompé a parlé, dit et observé une vérité dans la présence des gouverneurs et des dirigeants de l'univers.

Jorgenson écoutait sombrement. Le nouveau Grand Panjandrum avait fait de lui, Jorgenson, un gouverneur de province.

Ganti était reconnaissant. Le contenu du poste de traite serait restitué. À partir de cette époque, la Rim Stars Trading Corporation allait prospérer comme jamais auparavant.

Mais Jorgenson n'était pas un Thrid . Il voyait les choses comme un homme d'affaires, mais aussi et de manière contradictoire, il les voyait comme étant justes et bonnes ou mauvaises et intolérables. En tant qu'homme d'affaires, il a constaté que tout s'était déroulé à merveille. En tant que partisan du bien et du mal, il lui semblait que rien de particulier ne s'était produit.

Il aurait mieux fait, pensa-t-il, de faire ce que la plupart des humains faisaient après avoir compris ce qui se passait . Thriddar , et ce qui semble toujours devoir continuer Thriddar . Parce que les Thrid avaient remarqué qu'ils étaient la race la plus intelligente de l'univers, et qu'ils devaient donc avoir le gouvernement le plus parfait possible dont les fonctionnaires devaient inévitablement être incapables de se tromper....

Lorsque le navire commercial Rim Stars s'est échoué, un mois plus tard, Jorgenson est monté à bord et y est resté. Il est resté à bord au départ du navire. Thriddar n'était pas un endroit pour lui.